www.ingramcontent.com/pod-product-compliance
Lightning Source LLC
LaVergne TN
LVHW010424070526
838199LV00064B/5426
* 9 7 8 9 3 5 8 7 2 5 8 9 6 *

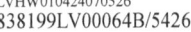

جنگل کی چار کہانیاں

(بچوں کی کہانیاں)

ڈاکٹر غلام سرور

© Taemeer Publications LLC

Jungle ki 4 KahaniyaaN (Short Stories)
by: Dr. Ghulam Sarwar
Edition: February '2024
Publisher :
Taemeer Publications LLC (Michigan, USA / Hyderabad, India)

ISBN 978-93-5872-589-6

9 789358 725896

مصنف یا ناشر کی پیشگی اجازت کے بغیر اس کتاب کا کوئی بھی حصہ کسی بھی شکل میں بشمول ویب سائٹ پر اَپ لوڈنگ کے لیے استعمال نہ کیا جائے۔ نیز اس کتاب پر کسی بھی قسم کے تنازع کو نمٹانے کا اختیار صرف حیدر آباد (تلنگانہ) کی عدلیہ کو ہو گا۔

© تعمیر پبلی کیشنز

کتاب	:	**جنگل کی چار کہانیاں** (بچوں کی کہانیاں)
مصنف	:	**ڈاکٹر غلام سرور**
صنف	:	ادب اطفال
ناشر	:	تعمیر پبلی کیشنز (حیدر آباد، انڈیا)
سالِ اشاعت	:	۲۰۲۴ء
صفحات	:	۲۶
سرورق ڈیزائن	:	تعمیر ویب ڈیزائن

فہرست

(۱)	قصہ ایک شیر کی حجامت کا	6
(۲)	چڑیا گھر	9
(۳)	پانچ سبق	19
(۴)	فیصلہ	22

(ا) قصہ ایک شیر کی حجامت کا

پچھلے سال کا واقعہ ہے کہ سرکار کی طرف سے فِلم بنانے والوں کا ایک گروپ ایک جنگل میں آکر خیمہ زن ہوا تھا۔ فِلم جنگل کے پرندوں اور جانوروں سے متعلق تھی اور اگلے روز شوٹنگ شروع ہونے والی تھی۔ شام کا سہانا وقت تھا اور چڑیاں خوب چہچہا رہی تھیں۔ مگر کیمرہ مین پاشا کو ان سے کوئی دلچسپی نہیں تھی۔ اُسے ایک فکر کھائے جا رہی تھی۔ شیر کی ___ وہ سوچ رہا تھا کہ شیر جنگل میں ہوتے ہی کیوں ہیں، آخر کس کو ضرورت ہے شیروں کی۔

"کیا تم چاہتے ہو کہ اس جنگل میں شیر موجود ہوں" اس نے برابر کے خیمے میں جا کر فلم کے ڈائریکٹر سے پوچھا۔ "ہاں بھئی کیوں نہیں، میں شیروں کی وجہ سے تو اس جنگل میں آیا ہوں فلم بنانے ___ تم ڈرتے ہو کیا شیروں سے؟"

"شیروں سے سب ڈرتے ہیں۔ میں بھی ڈرتا ہوں۔ ہاں اگر شیر کہیں سلاخوں کے پیچھے ہو تو بات اور ہے ___ مگر یہ تو کھلا جنگل ہے اور یہاں شیر آزاد پھرتے ہوں گے۔ مجھے تو نیند بھی نہیں آئے گی۔"

"دیکھو ڈرو مت، شیروں کے بارے میں کتابوں میں لکھا ہے کہ بہت طاقتور جانور ہے مگر پھر بھی انسان پر حملہ نہیں کرتا، بس کبھی کبھی کوئی شیر آدم خوری پر اتر آتا ہے۔"

ظاہر ہے کہ ان باتوں سے پاشا کا خوف بجائے کم ہونے کے اور بڑھ گیا اور پھرتی سے واپس اپنے خیمے میں چلا آیا۔

پاشا کے شیر سے ڈرنے کی خبر جنگل کی آگ کی طرح ہر طرف پھیل گئی اور گروپ کے چند منچلوں نے اس سے فائدہ اٹھانے کی سوچی، لہٰذا اندھیرا ہوتے ہی ایک صاحب شیر کی کھال اوڑھ کر پاشا کے خیمے میں جھانکے اور ہلکا ساغرا دیئے۔ پاشا کے لیے بس اتنا ہی کافی تھا۔ اس نے مدد کے لیے کسی کو پکارا اور نہ کہیں بھاگا۔ وجہ یہ تھی کہ اس کی زبان حلق میں پھنس گئی تھی اور ٹانگیں موم کی طرح اس کے جسم تلے مڑ گئی تھیں۔ اس نے بس ایک ہاتھ کو ہلکی سی جنبش دی، جیسے تمام انسانیت کو الوداع کہنا چاہتا ہو، اور بے ہوش ہو کر فرش پر دھم سے آن پڑا۔

پانی کی کئی بالٹیاں جب اس پر انڈیلی جا چکیں تو اس نے آنکھ کھولی۔ سب لوگ ہنس رہے تھے۔ پاشا فوراً بات کی تہہ تک پہنچ گیا اور خود بھی ہنسنے کی کوشش میں دانت نکالنے لگا۔ اس نے سوچا کہ غلطی خود اسی کی تھی، اب بات کا بتنگڑ بنانے سے کیا فائدہ۔

لوگ جلد ہی اس واقعے کو بھول گئے مگر پاشا نہیں بھول سکتا تھا۔ ایک صبح وہ اپنے خیمے میں ایک آئینے کے سامنے بیٹھا شیو بنانے والا تھا کہ اچانک خیمے کے اندر ایک شیر کی گردن داخل ہوئی۔ اور پاشا کو دیکھ کر ہلکا سا غرائی۔ پاشا نے فوراً اپنی آنکھیں بند کر لیں اور صابن کے جھاگ بھرے برش کو مضبوطی سے تھام لیا۔ چند لمحوں بعد اس نے آہستہ سے ایک آنکھ کھول کر شیر کو دیکھا۔ پھر اس کے چہرے پر انتقامی مسکراہٹ پھیل گئی اور اس نے دوسری آنکھ بھی کھول لی۔

"تو مجھے دوبارہ احمق نہیں بنا سکتا۔" اس نے دانت پیس کر یہ کہتے ہوئے صابن کے جھاگ سے بھرا برش شیر کی آنکھوں میں بھونک دیا۔ "آ تیری حجامت بناؤں، کیا سمجھا ہے 'تو نے مجھے' وہ پھر چلایا۔ صابن کی جلن سے شیر کی آنکھیں بند ہو گئیں اور مارے تکلیف کے وہ دُم دبا کر الٹا جنگل کو بھاگا۔ پاگلوں کی طرح۔ یہ بھول گیا کہ وہ کتنا طاقتور

درندہ ہے اور کتابوں میں اس
کے بارے کیا لکھا ہے۔ وہ بھاگتا ہی چلا گیا۔ صابن نے نہ صرف اس کی آنکھوں کو جلایا تھا بلکہ اس کے درندانہ جذبات کو بھی سخت مجروح کیا تھا۔ یہ سوچ سوچ کر کہ ایک تیسرے درجے کے فِلم کیمرہ مین نے ایک گھٹیا سے صابن بھرے برش کی مدد سے اسے فرار پر مجبور کر دیا تھا، وہ بھوں بھوں کر کے روئے جا رہا تھا۔ آخرِ وہ اب جنگل کے دوسرے جانوروں کو کیا منہ دکھائے گا۔

ادھر پاشا خیمے سے باہر آکر اپنا شیو کا برش لہرا لہرا کر فاتحانہ نعرے لگا رہا تھا۔
"بزدل کِدھر گیا، آ تیری حجامت بناؤں، آ سامنے " وہ دھاڑ رہا تھا۔ اس واقعے کی اطلاع جس جس کو ملی اس نے آ کر پاشا کو بار بار مبارک باد دی۔ واہ صاحب کمال کر دیا آپ نے تو، وغیرہ وغیرہ مگر پاشا پر اس کا عجیب سا اثر ہوا۔ اس نے سب کو ایک ایک کر کے شک کی نگاہوں سے دیکھا، اور، جب اس کی سمجھ میں اچھی طرح یہ آگیا کہ اس نے کس کی آنکھوں میں صابن بھرا برش بھونک دیا تھا، تو اس کا چہرہ سفید پڑ گیا۔ پھر اس نے ایک زور کی ہچکی لی۔ پھر دوسری، پھر تیسری۔ آج کل بھی اکثر ہچکیاں لیتا پھرتا ہے۔ اب وہ اپنے شیو کے برش سے بھی دور رہتا ہے اور تمام چہرہ داڑھی میں چھپائے پھرتا ہے۔ جنگل تو ایک طرف اب تو اسے کوئی پیسے دے کر چڑیا گھر بھی نہیں لے جا سکتا۔

(۲) چڑیا گھر

چڑیا گھر کے ایک کونے میں لاغر و منحنی سا ایک چوہا بِلّو نامی رہتا تھا۔ اس کی آنکھوں کے گرد حلقے تھے۔ گال پچکے ہوئے اور سینہ دھنسا ہوا تھا۔ اکثر وہ دن بھر دبکا رہتا، صرف شام کے بعد باہر آتا اور جلد جلد کھا پی کر واپس بل کا رخ کرتا۔ وہ کسی کی نظروں میں آنا نہیں چاہتا تھا۔

حالات ویسے بھی مخدوش تھے۔ عرصے سے چڑیا گھر کے باہر سے نعروں، بندوقوں اور مشین گنوں کی آوازا کثر آتی۔ کبھی کبھی تو بڑے زور دار دھماکے ہوتے اور پھر لوگوں کی چیخ پکار کی آوازیں کان میں پڑتیں۔ یہ جنگ آپس میں ہی لڑی جا رہی تھی۔ اندرونی جھگڑے تھے۔ مذہب، زبان، جمہوریت، سوشلزم، کلچر، سیاست، غرض ہر مسئلے پر بلوہ جاری تھا۔ گروپ بنے ہوئے تھے۔ دھڑے بٹے ہوئے تھے اور یہ سب ایک دوسرے کی گردن کاٹ رہے تھے، دھماکوں سے اڑا رہے تھے۔ حکمران ٹولہ اس افراتفری کی آڑ میں اپنا اور غیر ملکی ان داتاؤں کا الو سیدھا کر رہا تھا۔ عرصے سے بِلّو اداس تھا۔ بے حد اداس۔

وہ اپنی زندگی کا ایک بڑا حصہ بنیادی حقوق، انصاف اور جمہوریت کی ناکام جدوجہد میں گنوانے اور بہت کچھ کھونے کے بعد دلبرداشتہ سا ہو کر چڑیا گھر کی پناہ میں آن چھپا تھا۔ باہر ہر طرف اس کی تلاش میں چھاپے پڑ رہے تھے۔ مگر یہ کسی کو بھی پتہ نہیں تھا کہ بِلّو کہاں غائب ہو گیا تھا۔ اب وہ اپنا سارا وقت ایک بِل میں بیٹھ کر اپنی یادداشتوں کو مرتب کرنے میں گزار رہا تھا۔ جانے کس آس میں۔ شاید وہ ان کو کبھی کتابی شکل میں چھپوانا چاہتا ہو۔ شاید اس آس میں کہ اس کی کہانی پڑھ کر انصاف کی جنگ لڑنے نئے سپاہی آگے

آئیں گے۔ وہ خود تو اب بے حد تھک چکا تھا۔

ایک رات کوئی ڈھائی بجے وہ سونے کے ارادے سے اپنے بستر پر گیا اور دیر تک کروٹیں بدلنے کے بعد اس کی آنکھ ذرا لگی ہی تھی ایک لاؤڈا سپیکر چنگھاڑ نے اسے چونکا کر اٹھا دیا۔ وہ دوڑ کر بل کے منہ پر پہنچا اور کان کھڑے کر کے باہر کی آواز سننے لگا۔ اس کا دہلا ہوا دل کمر اور چھاتی کے بیچ گدے کھا رہا تھا۔ آواز پھر آئی اور صبح تک آتی رہی۔ روشنی ہونے کے بعد اسے پتہ چلا کہ لاؤڈا سپیکر چڑیا گھر کی سرحدی باڑ کے اندر ایک ایسے چوکور کمرے کی مینار والی عمارت پر لگا ہوا تھا جو کسی نے عجلت میں کھڑی کر دی تھی۔ چڑیا گھر کی حدود کی خلاف ورزی کرتے ہوئے۔ ظاہر ہے غیر قانونی طور پر چڑیا گھر کی باڑ کو کاٹ کر ایک طرف ڈھیر کر دیا گیا تھا۔ عمارت پر چونا پھرا ہوا تھا جس پر سبز رنگ سے یہ لکھا ہوا تھا کہ یہاں پیشاب کرنا سخت منع ہے۔ اس پر کسی نے اقلیتوں کے حقوق اور مزدور کسان اتحاد کے بارے میں نعرے لال رنگ میں گھسیٹ ڈالے تھے۔ بِلّو نے صورت حال کا جائزہ لیا۔ اقلیتی حقوق کا نعرہ پڑھ کر وہ ہلکا سا مسکرایا اور پھر اپنی دم کو بل دیتے ہوئے یہ فیصلہ کیا کہ اب اسے چڑیا گھر کے کسی اور گوشہ عافیت کو ڈھونڈنا پڑے گا۔ وہ واپس اپنے بل میں جا کر بستر پر لیٹ گیا اور سوچنے لگا کہ نیا ٹھکانا اب کہاں بنے گا؟

اس خیال سے وہ بہت افسردہ ہوا کیوں کہ اسے اپنا موجودہ بل بہت پسند تھا۔ حواس کے دوست ٹلّو کی یادگار تھا۔ ٹلّو کو چند برس پہلے کیمو فلاج وردیوں والے بلّے ایک تاریک رات میں اٹھا لے گئے تھے اور جب سے وہ لاپتہ تھا۔ نیا ٹھکانا ڈھونڈنے کا مجبوراً فیصلہ کر کے بِلّو چڑیا گھر کی باڑ کے ساتھ ساتھ ایک طرف کو روانہ ہوا۔ یہ باڑ چھدی کانٹے دار جھاڑیوں سے بنائی گئی تھی اور اس کے ساتھ ساتھ ایک سڑک گزرتی تھی۔ اس سڑک پر کچرے، ٹائروں اور ٹھیلوں کو ڈھیر کر کے کسی نے آگ لگائی ہوئی تھی جس سے غلیظ اور

بدبودار دھوئیں کے مرغولے بلند ہو رہے تھے۔ اس سے ذرا آگے چند بلّے وردیوں میں ملبوس ایک مشین گن بردار ٹرک میں بیٹھے سگریٹیں پھونک رہے تھے۔ بِلّوں کو دیکھ کر بلو جھاڑی کی اوٹ میں ہو گیا۔ ان کی وردیاں ان بلّوں جیسی تھیں جو ٹلّو کو اٹھا لے گئے تھے۔ چند لمحے ادھر ادھر دیکھنے کے بعد بِلّو نے اپنا رخ چڑیا گھر کے اندرونی حصے کی طرف کیا اور چل پڑا۔

چلتے چلتے وہ سوچ رہا تھا کہ حالات کتنی تیزی سے بد سے بدتر ہوتے جا رہے تھے۔ ہر روز کوئی نیا شوشہ، کوئی نئی بلا اور کوئی نیا اژدہا اپنا منہ پھاڑتا اور اس کی طرف لپکتا تھا۔ حالات نے اسے انڈر گراؤنڈ چلے جانے اور چڑیا گھر میں پناہ لینے پر مجبور کر دیا تھا، مگر خطرات یہاں بھی چاروں طرف سے اس کی طرف بڑھ رہے تھے۔

خیالات کی رو میں بہتے ہوئے وہ چڑیا گھر کے اس خطے کی طرف جا نکلا جہاں اچھے دنوں میں لوگ تفریحاً آ کر کھاتے پیتے تھے اور خوش گپیاں کرتے تھے۔ بلو اس جگہ پہنچ کر رکا اور منہ اٹھا کر فضا کا جائزہ لینے لگا۔ خلاف معمول آج آسمان پر بادل چھائے ہوئے تھے اور ہلکی ہلکی ہوا بھی چلنے لگی تھی۔ __ ہونہہ __ بِلّوے نے دل میں سوچا۔ یہ موسم تو کچھ گلابی سا معلوم ہوتا ہے آج __ لعنت ہو __ اب یہ حالت ہو گئی ہے کہ بدلتے موسم کا احساس بھی جاتا رہا۔ جانے یہ کب سے گلابی ہے۔ خیر اگر یہ گلابی ہے بھی تو میں اس کا کیا بگاڑ سکتا ہوں۔ بھلے دنوں میں اسی جگہ سے بِلّو کو دو تین بار "چکھنے کو" بوتل بھی مل چکی تھی جسے پا کر وہ خوشی سے پھولا نہیں سمایا تھا اور دونوں ہاتھ اٹھا کر اوپر والے کا اور بوتل چھوڑنے والے کا شکریہ ادا کیا تھا۔ مگر آج بوتل کہاں __ آج تو بس ویرانی سی ویرانی اور محرومیت ہی تھی۔ مگر نہیں۔ لّو نے آس پاس نگاہ دوڑائی۔ شاید اس کی قسمت ابھی بالکل نہیں سوئی تھی۔ ایک جھاڑی کی آڑ میں اسے ایک بوتل نظر آ ہی گئی۔ وہ لپک

کر اس کے پاس پہنچا اور یہ دیکھ کر کہ وہ بالکل خالی نہیں تھی خوشی سے کھل اٹھا۔ بوتل واڈ کا (Vadka) کی تھی۔ لیبل پڑھنے پر اسے معلوم ہوا۔ یہ کہاں سے آئی۔ اس کے ذہن میں سوال ابھرا۔ ارے آئی ہوگی کہیں سے بھی۔ جب کار بم آسکتے ہیں اور کلاشنکوف رائفل آسکی ہے تو واڈ کا بھی آسکتی ہے۔ کیوں نہیں۔ اس نے ہانپتے ہوئے خود ہی اپنے سوال کا جواب دے دیا۔ پھر اس نے اوپر والے کا اور بوتل چھوڑنے والے کا شکریہ ادا کرنے کے بعد سوچا کہ بس اب شراب اور موسم سے لطف اندوز ہوا جائے اور ہر چیز پر لعنت بھیج کر۔ جانے یہ موقع پھر کبھی آئے یا نہ آئے۔

بڑی احتیاط سے اس نے بوتل کو سرکا سرکا کر ایک جھاڑی کے سہارے اس طرح ترچھا کیا کہ شراب اس کے منہ کے بالکل پاس آگئی۔ پھر بِلّو نے احتیاطاً ادھر ادھر دیکھا۔ دور دور تک کوئی آدمی نظر نہیں آیا۔ بس پھر کیا تھا۔ اس نے بوتل کو چوما اور لہرا کر ایک ادا سے اپنی دم کو بوتل میں سرکایا۔ شراب میں ڈبو کر نکالا اور چوس گیا۔ یہ عمل اس نے بار بار دہرایا اور ہر بار فرحت حاصل کی۔ بعد مدت کے سوکھے دھانوں پانی پڑا تھا اور زمین بڑی پیاسی تھی۔ لہٰذا وہ پیتا ہی چلا گیا۔ پھر اس کی سوچ نے قلابازی کھائی اور یوں لگا جیسے کچھ پردے چاک ہوئے ہوں۔ یکایک اس کا کچلا ہوا احساس بھڑک اٹھا اور اسے اپنی مجبور و مجروح زندگی کا کرب شدت سے محسوس ہوا۔

"یہ زندگی ہے؟" اس نے اپنا ہاتھ لہرا کر کہا۔ کوئی سننے والا وہاں نہیں تھا۔ اس کا ہاتھ فضا میں ایک ننھی سی قوس بنا کر نیچے آن پڑا۔ "یہ زندگی کیا ہے، یہ کیا زندگی ہے؟" وہ زور سے چیخا۔

"اس جگہ جینا ہے گویا زندگی نائیں نائیں اس جگہ جینا ہے گویا خود کُشی۔۔۔ نائیں خود کشی ایسے بولو یہ سچ ہے؟" وہ بلند آواز میں بک رہا تھا۔ کبھی ایک ہاتھ اٹھا کر اور کبھی

دوسرا۔ نشہ اب اس کی جڑوں میں سرایت کر چلا تھا۔ اس کی بکواس سن کر بوڑھے پیپل پر بیٹھی ایک فاختہ پھڑ پھڑا کر اس کی طرف متوجہ ہوئی اور حیرانی سے تکنے لگی۔ "کیا سمجھتی ہے یہ دنیا اپنے کو۔ کیوں جینا محال کر رکھا ہے۔ ان لوگوں نے؟" اس نے چلا کر کہا۔ پھر دھیمی آواز میں بڑبڑانے لگا۔ "سارے شہر میں بلے میری تلاش کرتے رہتے ہیں۔ ان کے ہاتھوں میں اپنا خاندان اور کتنے اچھے دوست گنوا چکا اور اب اس چڑیا گھر میں چھپا ہوا ہوں۔ کب تک آخر؟ اور یہاں بھی بے رحم دنیا ایک ذرا سا خیال تک نہیں کرتی۔ یہ نامعقول گلہری کھانے پینے کا ہر ذرہ چن کر اوپر درخت پر لے جاتی ہے اور بار ہا کہنے پر بھی ذرا خیال نہیں کرتی کہ آخر مجھ جیسوں کو بھی پیٹ کا جہنم بھرنا ہوتا ہے کسی صورت۔ بے حسی کی کوئی حد بھی ہوتی ہے آخر۔ یہ بطخیں تالاب صاف کرنے کے بعد باہر آکر بھی صفائی کر جاتی ہیں۔ کچھ نہیں چھوڑتیں۔ اور یہ کوّے، یہ بدمعاش باہر سے ہر روز صبح صبح آ کے سب کچھ چٹ کر جاتے ہیں۔ یہ بدبخت ڈھیلے دانتوں والا شیر، یہ ہر وقت ہاؤں ہاؤں کرتا ہے اور دن رات بیزار کرتا رہتا ہے۔ سارا گوشت خود ہی کھا جاتا ہے۔ حرام کہ ایک بوٹی کبھی میرے لیے چھوڑی ہو۔ اور وہ نامرداہا تھی۔ ابھی کل کی بات ہے کہ میں اس کے احاطے کے پاس سے گزرتے ہوئے اس کے پاؤں سے کچلتے بال بال بچا۔ وہ تو بس اللہ کا کرم ہوا ورنہ اپنا تو قصہ ہی تمام تھا۔ کم بخت اندھوں کی طرح چلتا ہے بالکل اندھوں کی طرح"

جیسے وہ اپنی زندگی اور ماحول کے بارے میں سوچتا گیا، اس کی گرمی بڑھتی گئی۔ حتیٰ کہ وہ اندر ہی اندر اتنا تپ گیا کہ غصے سے اس کے منہ سے جھاگ ابلنے لگے اور وہ کھولنے لگا۔ یکایک وہ پھدک کر کھڑا ہو گیا اور اپنی چھاتی پر دو ہتھڑ مار کر دہاڑا کہ "بس۔۔۔ بہت ہو چکا۔۔۔ بہت برداشت کیا_ میں اب ان سب کو ان کے کیے کی سزا دوں گا۔ کوئی اب

میری زندگی کو تباہ کر کے چین کی بنسی نہیں بجا سکتا میں اب بھی لڑ سکتا ہوں۔"

اس نے آخری مرتبہ اپنی دم گھما کر بوتل سے نکالی اور واڈ کا کا گھونٹ بھر کے حقارت سے ایک طرف تھوک دیا۔ پھر اس نے ایک لات سے بوتل کو لڑھکا دیا اور دوڑ کر اس کے اوپر چڑھ گیا۔ اس کے بعد بوڑھے پیپل پر بیٹھی فاختہ نے اپنی پھٹی ہوئی آنکھوں سے یہ دیکھا کہ بِلّو بوتل پر اپنی دم کے بل سیدھا کھڑا ہو گیا۔ اس کی دم ایک نیزے کی طرح سیدھی مضبوط اور نوک دار تھی جس میں لرزش کا نام تک نہیں تھا۔ پھر بِلّو ایک گرج دار آواز میں دہاڑا ــــــ "دیکھ لوں گا آج میں اس کو دیکھ لوں گا۔" فاختہ جلدی سے ایک طرف کو اڑ گئی۔

ہوا کا ایک زور دار جھونکا آیا اور خس و خاشاک کا ایک بگولا سا بنا کر بِلّو کے سر پر رکھ دیا۔ اب بِلّو کا قد درختوں سے اونچا تھا۔ اس نے دانت کچکچاتے ہوئے کہا "میں پہلے چڑیا گھر کے بدمعاشوں کو فنا کر لوں پھر باہر جا کر دوسرے حرام زادوں کو کچا چباؤں گا۔"

یہ فیصلہ کر کے وہ شیر کے پنجرے کی طرف روانہ ہوا۔ وہاں پہنچ کر اس نے دیکھا کہ شیر چاروں خانے چت پڑا تھا۔ اس کا منہ کھلا ہوا تھا اور اس کے پیلے پیلے ڈھیلے دانتوں میں سے اس کی زبان باہر لٹکی ہوئی تھی۔ بِلّو نے شیر کی بغل میں پہنچ کر اسے ایک زور دار لات جمائی اور گرج کر بولا " اُٹھ بزدل۔ تیری موت کا فرشتہ آن پہنچا ہے" اور پھر دوسری لات لگائی۔ مگر شیر کے بدن میں کوئی حرکت پیدا نہیں ہوئی۔ وہ ویسے ہی ساکت پڑا رہا۔ اس کی پسلیوں کا پنجر خالی و بے حرکت تھا اور اس کی بے نور آنکھیں چھت پر ٹکی ہوئی تھیں۔ بِلّو کو جلد ہی احساس ہو گیا کہ شیر مر چکا تھا (غالباً فاقہ زدگی سے) مگر ظاہر ہے کہ بلو نے فوراً یہ نتیجہ نکالا کہ شیر اس کے حملے کی تاب نہ لاتے ہوئے مرا ہے۔ لہٰذا وہ فوراً شیر کے سر پر چڑھا اور دم کے بل کھڑا ہو کر چلایا۔ "پہلی فتح۔۔۔ ایک خبیث تو کم ہوا۔"

پھر اس نے سوچا کہ " چلو اب ذرا ہاتھی کی طرف کہ وہ تخمِ حرام سب سے بڑے پیٹ والا ہے۔ ایک لو تھڑا ہے۔ بڑا سا لو تھڑا۔ آج اس بے کار لو تھڑے کو میں چیر پھاڑ کر اڑادوں گا۔"

آسمان پر بادلوں کے ہجوم اور ہوا کی تیزی میں بتدریج اضافہ ہو رہا تھا۔ گنیش ہاتھی اپنے احاطے میں کھڑا یونہی اپنی سونڈ ہلا رہا تھا۔ بلو آندھی اور طوفان کی طرح اس کی طرف بڑھ رہا تھا مگر گنیش ہاتھی اس سے قطعی بے خبر تھا۔ ہاتھی کے سامنے پہنچ کر بِلّو نے دم کے بل کھڑے ہو کر بازوؤں کو شاہین کی طرح پھیلایا اور پنجابی فلموں کے ہیرو کے انداز میں گرج دار آواز سے بولا۔ "اوئے۔۔۔ اوئے میں آگیا تیری ٹانگیں چیرنے۔۔۔ آنکھ ملا بزدل۔"

ہاتھی نے آواز کی طرف دیکھا جو اس کی سونڈ کے نیچے سے آ رہی تھی اور چوہے کو پہچان کر بولا۔

"کیا بات ہے بھائی بِلّو۔ آج سلام نہ دعا۔ مزاج تو ٹھیک ہیں تمہارے۔؟"

"بھائی بھائی مت کر اب۔ اپنی موت کو پہچان جو تیرے سامنے کھڑی ہے۔ نام بتا اپنا جلدی سے__کون ہے تو؟"

بلو چوہے نے گنیش ہاتھی کو حقارت سے دیکھتے ہوئے پوچھا۔ "بھائی یہ آج کیسی بہکی بہکی باتیں کر رہے ہو۔ نام میں کیا بتاؤں تم کو۔ پہچانتے نہیں کہ میں گنیش ہوں، تمہارا پڑوسی۔"

"کوئی کسی کا پڑوسی وڑوسی نہیں ہوتا اس دنیا میں۔ میں کسی گنیش ونیش کو نہیں جانتا۔ یہ بتا کہ تیرا کام کیا ہے ادھر؟ کیا کرتا ہے تو؟ اور تو اتنا بھدّا، بد صورت اور موٹا کیوں ہے؟"

بلو یہ سوال پوچھتے ہوئے مسلسل داؤ بھی لگا رہا تھا کہ وار کر لے اور ایسا کہ ایک ضرب میں کام تمام ہو جائے۔ مگر کوئی مناسب جگہ نظر نہیں آ رہی تھی۔

"کام۔۔۔کام تو میرا کوئی نہیں۔۔۔بس درختوں کے پتے اور گھاس واس کھاتا تھا، مگر اب تو بس پتے ہی کھاتا ہوں۔ گھاس ڈالنے والے تو جانے کدھر گئے۔"

"یہ کوئی کام نہیں ہوا۔ بکواس مت کر اور جلدی سے کام بتا۔۔۔ورنہ۔۔۔؟"

"کام۔۔۔کام۔۔۔ہاں یاد آیا۔ میں کبھی کبھار بچوں کو اپنی پیٹھ پر بٹھا کر سیر کرا دیا کرتا تھا چڑیا گھر کی، جب وہ آتے تھے۔ مگر اب تو عرصے سے وہ بھی نہیں آئے۔ کتنے اتوار آئے اور ایسے ہی گزر گئے۔ ایک بچہ بھی نہیں آیا۔ جانے کیا بات ہوئی۔" گنیش حالات سے بے خبر رہنے والوں میں سے تھا۔

"بولتا جا۔۔۔بولتا جا کہ یہ تیرے آخری الفاظ ہیں۔ اور تو کیا کرتا تھا تو۔۔۔؟"

"ہاں ___ اور کبھی کبھی بچے فرمائش کرتے تھے تو میں ان کے لیے ماؤتھ آرگن (Mouth Organ) باجا بھی بجایا کرتا تھا۔

"ہاہاہا۔ ماؤتھ آرگن بجاتا تھا سالا۔ ابھی میں تیرا باجا بجاتا ہوں _ موت کا باجا" یہ کہہ کر بلّو نے کراٹے کے انداز میں پھدک کر ہاتھی کی ٹانگ پر ایک ضرب لگائی اور منہ کے بل گرا۔ ہاتھی نے سونڈ سے اسے سیدھا کیا۔

"تو اتنا بڑا کیوں ہے ___ عمر کیا ہو گی تیری؟"

بلو نے سنبھلتے ہوئے دانت پیس کر کہا۔ وہ منہ سے جھاگ اڑا اڑا کر ہاتھی کے چاروں طرف ناچ رہا تھا۔ کسی ماہر باکسر کے انداز میں:

"پتہ نہیں، ہو گی کوئی دو ڈھائی سال میری عمر"

"اور وزن کتنا ہو گا تیرا لے ہاتھی کے بچے؟"

"وزن معلوم نہیں صحیح کبھی کروایا نہیں ہو گا کوئی دو چار ٹن مگر تم بھی تو کچھ بتاؤ کہ تمہاری عمر کیا ہے؟"

گنیش نے جھلّا کر سوال پھینکا۔

"میری عمر کی تو فکر نہ کر۔ تجھ سے بہت بڑا ہوں"۔ بہت بڑا، چار سال کا ہوں۔ پورے چار سال کا۔" بِلّو نے گنیش کو ایک اور لات جماتے ہوئے کہا۔ (جس کا بظاہر کوئی اثر نہیں ہوا)

"اور وزن کتنا ہو گا تمہارا؟ گنیش نے معصومیت سے پوچھا۔ "میرا وزن؟" بِلّو اچانک ناچتے ناچتے رک گیا جیسے اسے کوئی شاک سا لگا ہو۔۔۔ اور پھر کچھ سوچ کر بولا۔

"میرا وزن! ارے میرا وزن تو بس کوئی آدھ پاؤ ہو گا مگر اس کی وجہ یہ ہے کہ میں بچپن میں بیمار بہت رہا تھا، ہاں!

یہ سن کر گنیش کو بے اختیار ہنسی آئی اور اس نے ایک زور دار قہقہہ لگایا، پھر دوسرا اور پھر تیسرا اور پھر وہ پچھلی ٹانگوں پر کھڑا ہو کر اپنی سونڈ دائیں بائیں لہرا کر زور زور سے ہنسنے لگا۔ اتنا ہنسا کہ دھڑام سے زمین پر آن پڑا اور لوٹنے لگا۔

بِلّو نے گنیش کے ہنسنے پر مزید تاؤ میں آکر اس پر تابڑ توڑ حملے کیے۔ یکایک یوں ہوا کہ ہاتھی کا جسم ہلتے ہلتے ساکت اور خاموش ہو گیا۔ گنیش کا ہارٹ فیل ہو گیا تھا۔ وہ مر چکا تھا۔

آسمانوں پر بجلی کا ایک آنکھیں چکا چوند کرنے والا جھماکا ہوا اور پھر ایک زبردست کڑاکے کے ساتھ پانی کی موٹی موٹی بوندیں گرنے لگیں۔ مگر بلو پر اس کا کوئی اثر نہیں ہوا۔ وہ ہاتھی کے مردہ جسم پر چڑھا مستوں کی طرح ناچ ناچ کر اپنی دوسری فتح کا جشن منا رہا تھا۔ اسے یقین تھا کہ گنیش ہاتھی اس کے ہلاکت خیز حملوں کا شکار ہوا تھا اور اب اس

کے اندر کا نیم مردہ، شکست خوردہ حریت پسند نئی توانائی کے ساتھ پھر زندہ ہو گیا۔

ہاتھی کا قصہ تمام ہونے کے بعد بلو نے فیصلہ کیا کہ اب وہ چڑیا گھر سے باہر جا کر شر پسندوں کا صفایا کرے گا لیکن ابھی وہ مین گیٹ سے باہر نکلا ہی تھا کہ کیمو فلاج وردیوں والے بِلّوں کی ایک گشتی پارٹی نے اسے دیکھ لیا اور للکارا۔ بِلّو ٹھہر گیا اور غصے بھری نظروں سے بِلّوں کو گھورنے لگا جو آٹو میٹک رائفلیں تانے اور کنٹوپ پہنے اس کی طرف بڑھ رہے تھے۔ بلو نے چاہا کہ وہ پھدک کر اپنی دم پر کھڑا ہو جائے مگر اب اس کی دم کی سختی غائب ہو چکی تھی اور وہ دھاگے کی طرح مڑ گئی۔ اس کی ٹانگیں کانپ رہی تھیں۔ بِلّو کا نشہ ہرن ہو گیا اور وہ منہ کے بل گرا۔ اس سے پہلے کہ وہ کچھ اور سوچتا گولیوں کی ایک بوچھاڑ نے اس کا بدن چھلنی کر دیا۔ بِلّو چاروں شانے چت پڑا تھا اور آسمان ایک نیلے بھنور کی طرح اس کے گرد گھوم رہا تھا۔ اس نے اپنے سارے وجود کا زور لگا کر چیخنا چاہا۔ مگر اس کا دم اندھیروں میں ڈوب گیا۔

بِلّو کی آنکھ کھلی تو وہ اپنے بسر پر پڑا تھر تھر کانپ رہا تھا۔ اس کا سارا بدن پسینے میں شرابور تھا اور چھاتی کسی لوہار کی دھونکنی کی طرح چلا رہی تھی۔ ڈرتے ڈرتے اس نے اپنے بدن کو ٹٹولا اور کہیں گولیوں کے چھید نہ ملنے پر اطمینان کا سانس لیا۔ ذرا حواس درست ہونے پر اس نے اپنے بل سے باہر جھانک کر دیکھا۔ خوب دن چڑھا ہوا تھا اور چڑیا گھر کے پرے سے زندہ باد اور مردہ باد کی آوازیں آرہی تھیں۔ بِلّو نے دوبارہ اپنے بدن کو ٹٹولا اور بل میں واپس آکر اوپر والے کا شکریہ ادا کیا۔

(۳) پانچ سبق

پیارے دوستو، کروڑوں برس سے اس زمین پر چڑیاں چہچہا رہی ہیں اور بدلتے موسموں کے ساتھ ہجرت کرتی ہیں تاکہ زیادہ سردی یا زیادہ گرمی کا شکار نہ ہوں اور کھانے پینے کو بھی ملتا رہے۔ ان میں سے سب سے لمبی ہجرت کرنے والی چڑیا کا نام ہے Arctic Tern جو قطب شمالی سے تقریباً قطب جنوبی تک سفر کرتی ہے۔ یعنی کوئی بارہ ہزار میل یہ فاصلہ اتنا ہے کہ لگتا ہے وہ سال بھر اور کوئی کام نہیں کرتی ہو گی۔ بس سفر ہی کرتی ہو گی۔

لیکن آج جس چڑیا کی بات ہم کرنے والے ہیں، وہ اس جہانِ فانی سے گزر چکی ہے۔ اس لیے کہ اس نے من مانی کرتے ہوئے باقی تمام چڑیوں کے ساتھ ایک خزاں کے موسم میں گرم علاقوں کی طرف ہجرت کرنے سے انکار کر دیا تھا اور اپنے سالار کارواں کی ایک نہ سنی تھی جو اُسے آنے والے جاڑے سے ڈرا رہا تھا مگر ثریا نے اس سے کہہ دیا تھا کہ اب وہ باقی زندگی اپنی شرائط پر گزارے گی۔ اپنی زندگی کے آخری دن تک، درج ذیل کہانی اسی آخری دن کی ہے۔

وہ دن خزاں کا ایک ٹھنڈا دن تھا جب جاڑے کی ایک اچانک لہر نے سارے پیڑوں اور زمین پر ہر طرف سفید یخ بستہ کہرے کی ایک چادر بچھا دی تھی۔ ہماری چڑیا اسی سفید کہرے میں لپٹی قریبی گاؤں سے آنے والی ایک پگڈنڈی پر پڑی تھر تھر کانپ رہی تھی۔ وہ اب بالکل اکیلی رہ گئی تھی کیونکہ اس کے سارے ہمجولی سالارِ قافلہ کی رہ نمائی میں کبھی

کے جا چکے تھے۔ اب وہ پچھتا رہی تھی کہ کاش وہ بھی اور سب کے ساتھ چلی جاتی تو یہ دن نہ دیکھنا پڑتا۔ مگر اب کیا ہو سکتا تھا۔ اُسے یوں محسوس ہو رہا تھا کہ بس اب کوئی دم اس کی آخری گھڑی آنے والی ہے۔ اس نے گڑگڑا کر دعا مانگی کہ اے مالک اگر تو آج میری جان بچا لے تو میں فوراً اس برفستان سے اڑ جاؤں گی اور اپنے ساتھیوں کو ڈھونڈوں گی۔ بس آج بچا لے مجھ کو۔

یوں لگتا ہے کہ اس کی دعا قبول ہوئی اور اچانک قریبی گاؤں کے کھیت سے ایک گائے نکلی اور چرتی پھرتی بیچاری چڑیا کے بالکل اوپر آ کر کھڑ ہو گئی اور پھر اس نے چڑیا کے اوپر گرما گرم گوبر کی بارش کر ڈالی بیچاری چڑیا کو پہلے تو بہت برا لگا مگر پھر جب اسے گوبر کی گرمی سے راحت ملی تو وہ بڑی خوش ہوئی اور گوبر سے اپنی منڈیا باہر نکال کر اپنے محبوب گیت گانے شروع کر دیئے۔ وہ یہ بھول گئی کہ وہ خطرے سے باہر نہیں تھی اور ایک پگڈنڈی پر پڑی تھی۔ قریب ہی گاؤں کی ایک اندھی اور بوڑھی بلی بھی شکار کی تلاش میں گھوم رہی تھی۔ اس نے چڑیا کی آواز سنی اور بولی کہ بھئی تم تو بہت اچھا گاتی ہو۔ کتنی سریلی آواز ہے تمہاری۔ ذرا زور سے گاؤ کہ میں تمہاری آواز سے خوب لطف اندوز ہو سکوں۔ چڑیا نے بلی کو دیکھے بغیر اور زور سے گانا شروع کیا۔ اس پر بلی نے آواز کا نشانہ لے کر ایک چھلانگ لگائی اور چڑیا کو ہڑپ کر کے نگل گئی۔ اس طرح بیچاری چڑیا ایک اندھی بہری بلی کا شکار بن گئی۔

پیارے دوستو! اس افسوسناک انجام سے ہم کئی سبق سیکھ سکتے ہیں۔

پہلا تو یہ کہ اپنے بزرگوں، سالار کاروں اور ہم جولیوں کی باتوں پر کان دھرو، ان کے تجربات سے سیکھو اور اپنے تیئں بہت زیادہ چالاک مت بنو یعنی یہ مت سمجھو کہ

ہم چنیں دیگرے نیست

دوسرا سبق یہ ہے کہ بدلتی رت یعنی بدلتے حالات کو جانو اور پہچانو، جب حرکت کا وقت آئے تو ہلو کہ حرکت میں برکت ہے۔ سستی میں پڑے مت رہو۔ مارے جاؤ گے۔

تیسرا سبق یہ ہے کہ اگر حالات نے یا تمہاری اپنی کاہلی اور ہٹ دھرمی نے تم کو تنہا کر بھی دیا ہے تو بہت چوکنے رہو تا کہ کوئی غیر متوقع بات تم کو نقصان نہ پہنچائے۔ یاد رکھو کہ

خود کردہ را علاج نیست

چوتھا سبق یہ ہے کہ دوست اور دشمن کی تمیز پیدا کرو۔ بعض اوقات تمہارے اوپر گوبر پھینکنے والا تمہارا دوست بھی ہو سکتا ہے اور تمہاری تعریف کرنے والا ایک بدترین دشمن ثابت ہو سکتا ہے۔

اور پانچواں اور آخری سبق یہ ہے کہ اگر تم زندگی میں کسی گوبر کے ڈھیر میں پڑے بھی ہوئے ہو مگر آرام سے کٹ رہی ہے تو فی الحال پڑے رہو۔ مت اپنی منڈیا گوبر سے نکال کر کوئی اینڈا بینڈا گیت الاپنا شروع کر دو۔ یعنی اپنی چونچ بند رکھو ورنہ کوئی اندھی بہری بلی بھی تم کو ہڑپ کر سکتی ہے۔

مندرجہ بالا تمام اسباق کا اطلاق ہم سب کی گھریلو زندگی اور دفتری حالات پر ہوتا ہے اور ہاں سیاست پر بھی مگر ہم اس طرف نہیں جانے کے۔ اس طرف نہ صرف گھیراؤ جلاؤ کا خدشہ ہے بلکہ بڑے بڑے دھرنوں کا اور سونامی کا بھی۔ جن سے ہمیں بہت ڈر لگتا ہے لہٰذا پانچویں سبق پر ہی قصہ تمام کرتے ہیں۔

(۴) فیصلہ

کہکشاؤں کے اس پار کی ان دیکھی دنیاؤں اور ان جانے فاصلوں سے وہ آیا تھا۔ سورج کی طرف، یہ دیکھنے کے لیے کہ اس ستارے کے گرد جو سیارے گھومتے ہیں، ان میں سے ایک پر زندگی کا جو بیج اس نے ماضی میں بویا تھا اس کا پھل آیا تو کیسا آیا!

ان گنت نوری سالوں کے یہ فاصلے اس نے ایک مختصر وقفے میں طے کر لیے اور اپنے وجود کو نظام شمسی کی حدود کے اندر پہنچا کر مارس اور جو پیٹر کے درمیان بکھرے ہوئے سیارچوں کے ساتھ ہم آہنگ کر دیا۔ پھر اس نے زمین کی طرف نگاہ کی جو ایک نیلی گیند کی صورت اس کے سامنے خاموش خلا میں معلق سورج کی روشنی میں ایک نگینے کی طرح جگ مگ کر رہی تھی۔ کم و بیش اسی شکل میں جسے وہ چھوڑ کر گیا تھا۔

وہ زمین سے قریب تر ہونا چاہتا تھا مگر یہ سوچ کر ٹھہر گیا کہ کہیں ایسا کرنے سے زمین کے کسی بڑے یا چھوٹے نظام میں ذرہ بھر فرق بھی پڑ گیا تو پھل کا ذائقہ تبدیل ہو جائے گا اور وہ اپنی بے تابی کو کبھی معاف نہیں کرے گا۔ یہ سوچ کر وہ بڑے پیار سے اور کڑی احتیاط سے، مکان و زمان میں کوئی لہر پیدا کیے بغیر، زمین کے اطراف پھیل گیا اور اپنی بینائی کو زمین کے محیط پر رکھ دیا۔ زمین اب پوری طرح اس کے حصار میں تھی اور کوئی چھوٹی یا بڑی شے نظر سے مخفی نہیں رہی تھی۔ وہ سب کچھ دیکھ سکتا تھا۔

پہلے اس نے سرسری نظروں سے جلد جلد ہر طرف دیکھنا شروع کیا اور یہ دیکھ کر خوشی سے پھولے نہ سمایا کہ اس کے بوئے ہوئے زندگی کے بیج نے زمینی ماحول میں انواع

و اقسام کے پھل دیے تھے۔ جیتی جاگتی زندگی ہر طرف ٹھاٹھیں مار رہی تھی۔ گہرے پانیوں کی تہوں سے لے کر فلک بوس پربتوں کی چوٹیوں تک، سورج کی تپش سے سنسناتے صحراؤں سے لے کر برفیلے یخ بستہ میدانوں تک ہر طرف زندگی کی چہل پہل، ریل پیل اور گہما گہمی موجود تھی۔

یہ دیکھ کر اس کی مسرت بڑھتی جا رہی تھی کہ وہ کسی قدر خوبصورت زندگی کا خالق تھا۔ اسے بہت خوشی ہو رہی تھی اور جی چاہ رہا تھا کہ اپنی تخلیق کی مدح میں گیت گائے اور رقص کرے کہ ایک میٹھی آواز نے اسے اپنی طرف متوجہ کیا۔ اس نے بے اختیار ہو کر اس آواز کی طرف دیکھا۔ آواز ایک ننھی منی چڑیا کی تھی جو دھنک کے نگ۔۔۔ نازک پروں پر سجائے ایک پھولوں سے بری جھاڑی کی کومل سی شاخ پہ بیٹھی ایک سریلا الاپ رہی تھی۔ جھاڑی ہوا میں ہلکے ہلکے یوں لہرا رہی تھی جیسے نغمے کی لذت سے مسحور جھوم رہی ہو۔ اس نغمے سے اچھی طرح واقف تھا۔ یہ نغمہ آفاق تھا۔ اب تو اس کی خوشی کی کوئی انتہا نہ رہی اور قریب تھا کہ وہ خود بھی ننھی منی چڑیا کے ساتھ ہم آہنگ ہو کر وہی گیت گانے لگے کہ اچانک اسے ایک زبردست دھچکا سا لگا اور اس کی خوشیوں کا محل ریت کا ڈھیر ہو گیا۔

ایک سانپ نے جو اسی جھاڑی کے نیچے چھپا ہوا تھا اپنا سر اٹھایا اور لپک کر تریا کو ہڑپ کر لیا اور چلتا بنا۔ خالق ایک دم بھونچکا سا رہ گیا۔ یہ کیا ہوا؟ ایسا تو اس نے نہ چاہا تھا۔ اور پھر اس کے بعد جوں جوں وہ بغور دیکھتا گیا اس کی خوشی غم میں بدلتی چلی گئی۔

بھوک ہر طرف ناچ رہی تھی۔ ہر ذی روح بھوک کا شکار تھا اور یہ بھوک صرف دوسرے جاندار کو "ہڑپ" کرنے سے ہی بجھتی تھی۔ وہ بھی صرف تھوڑی دیر کے لیے اور پھر ستانے لگتی تھی۔ اس چکر سے کسی کو نجات نہیں تھی۔ ہر جاندار بیک وقت طاقتور

بھی تھا اور کمزور بھی شکاری بھی تھا اور شکار بھی۔ سب سے زیادہ مایوسی اسے اس مخلوق سے ہوئی جس نے زمین پر اور سب مخلوقات سے زیادہ تبدیلیاں پیدا کی تھیں۔ یہ انسان تھا جو نہ صرف بھوک کا شکار تھا بلکہ لالچ کا بھی۔ انسان جو ہر ذی روح پر اپنی ذات سمیت، ان گنت مصائب لایا تھا سب سے بڑا دھچکا اس کو اس وقت لگا جب اسے انسان کے بنائے ہوئے وہ جوہری اور شعاعی ہتھیار نظر آتے جو زمین کے اطراف خلا میں بکھرے ہوئے تھے۔ انسان نے اپنی اور دوسری ساری زمینی زندگی کی آخری تباہی کی تیاریاں مکمل کر لی تھیں۔

یہ سب کچھ خالق نے نہ چاہا تھا۔ بھوک کیونکر پیدا ہوئی اور اس کا علاج دوسرے جاندار کا خون اور گوشت کیونکر ہوا۔ خوف کدھر سے آیا، انسان لالچی کیسے ہوا اور پیار اور محبت اس قدر کمزور کیوں رہ گئے۔ ان تمام سوالوں کا اس کے پاس کوئی تسلی بخش جواب نہیں تھا۔ یہ تجربہ ناکام ثابت کیوں ہوا؟ اس سوال کا جواب ڈھونڈنے کے لیے اس نے زمینی پرتوں کا جائزہ لیا جہاں چٹانوں کے سینے میں قرن ہا قرن کی زندگی کا ریکارڈ محفوظ تھا اور ابتداء سے لے کر حال تک زندگی کے تمام ارتقائی مراحل کا بخوبی اندازہ کیا جا سکتا تھا۔ اسے پتہ چلا کہ اکثر لوگ اسی وقت شروع ہو گئے تھے جب اس کے بوئے ہوئے بیج سے زندگی نے پہلی بار سر اٹھایا تھا۔ خرابی یقیناً بیج میں تھی ارتقائی منازل میں نہیں مگر کیا؟ کاش وہ یہ جان سکتا!

اب کیا ہو سکتا تھا۔ اس نے سوچنا شروع کیا۔ خیال آیا کہ زمین پر موجودہ زندگی کو ایک حرف غلط کی طرح مٹا کر نئی زندگی کا بیج پھر سے بویا جائے۔ نئی امیدوں کے ساتھ اور نئے اجزائے ترکیبی کے ساتھ، مگر زمین اب بوڑھی ہو چلی تھی۔ شاید وہ نئے تجربے کی متحمل اب نہ ہو سکے۔ نہیں نہیں وہ ایسا نہیں کر سکتا۔ اب اتنا وقت زمین کے پاس نہیں

رہا۔ بہت سوچ بچار کے بعد اس کی سمجھ میں آیا کہ شاید بہتری اسی میں تھی کہ زمین اور اس کی زندگی کو اس کے حال پر چھوڑ دیا جائے ہو سکتا ہے کہ یہ خود ہی سنور ہو جائے ورنہ انسان تو اسے ملیامیٹ کر ہی دے گا۔ ایک موقع دینے میں کوئی حرج نہیں۔

یہ فیصلہ کر کے وہ خاموشی سے اپنے سفر پر روانہ ہو گیا۔ سورج کے اس پار، دوسری دنیاؤں کی طرف، جہاں اس نے اور بہت سارے بیج بو رکھے تھے۔

✸ ✸ ✸

بچوں کے لیے منتخب دلچسپ کہانیاں

مناظر عاشق ہرگانوی کی پانچ کہانیاں

مصنف : مناظر عاشق ہرگانوی

بین الاقوامی ایڈیشن جلد منظر عام پر